今度はいい子にしますから

池田志柳

東京図書出版

はじめに

「真理の既刊プロフィールに詩人とありますが最近の作品は何ですか」読者の方々からの問い合わせに、そういえば生活に即密着の真理に重きを置いていたことに気づきました。

書き留めてあったものを出させていただく契機になりました。初詩集の出版から久しく、半世紀以上が経ちました。

世間知らずで真理に疎く、迷いに躓いている作品・応募で選ばれた作品・既刊に掲載した数点も併せて載せました。時は昭和、平成、令和と移りました。そこここに生活変化を感じ当時を懐古、想像いただけましたら幸いです。

今度はいい子にしますから ❖ 目次

春雨と芽生え

春一番

春の産声はすさまじい
薄墨の冬空を
金ピカのハンマーで
思い切り叩き割り
雷鳴と共に
春は産まれる

まだ
こっそり隠れていた冬を
引きずり出し
かき集め
「死んじまえっ」

地上目がけて
投げ捨てるのです

それでも足りずに
隅から隅まで水撒いて
洗い清めて
冬のかけらも残さない

路上は
冬の死骸でいっぱい
黒い蠟を塗ったように
ヌルヌルしている

冬が大きな涙を
ぼたぼた落としても
人々は平気な顔で

突然の早い夕暮れに
ヘッドライトを点けたりして
春の誕生を祝っている

春一番
春のうぶ声
待ちに待った聞きたかった声

二月雨

二月雨は静かです
むせび降る雨のしぐさは謎深く
ただ　ただ降ります

しきり降る
雨は悲しい嗚咽です

何も見えない視界グラス
まっすぐに見つめて
「今なら　諦められるよ」を
付いたばかりの若い芽が
さり気ないふり聞き流す

春の雨とはちがいます
もっと冷たい
心の底まで凍るような
吐息の雨が降るのです

排気ガスの白い雨
ありたけの情《こころ》を積んで
真新しいタイヤの跡は消えました

二月雨は
世間知ったかぶり未熟者
自暴自棄の涙です

三月のさよなら

声にならない「さよなら」で
幾つもの面影の描かれた
あなたの広々としたその胸に
昔のどの人よりも　もっと鮮やかに
強い線で美しい色彩で
いつまでも残っていたかった

三月の本当の心は
無邪気だった
吹き飛ばされそうな星屑の下で
コートの襟をかき寄せた

ほどの良い影が
乱れた髪を気にさせて
思わず影に入らせる

風が過ぎると
影は割れた
別離の寂しさに堪え兼ねて
一つの影が細くなってうつむいた

星屑が落ちて来て
無言でさらりと慰める

風の冷たさを感じなくなった
幼い別れ

春

かげろうを握りしめると
指の隙間から春のおどりが漏れる
両手を風にかざすと
若草の匂いがいっぱいして
冬への郷愁が白く乾き散る

木苺の葉の元に
生まれたばかりのいくつかの春

細長い土の池
ゴボウ地を基づける背の低い農夫が沈む
まだ調子の出ない農具で

ぐぐーっ　ぐぐーっ　と春を起こす
春を掘り出す
恥ずかしそうに盛り上げられる春
ああ　春よ

お母さん

母の便り

私の部屋は
三階の真ん中です

一階にある郵便受けに
母からの便りを見つけると
私は迷子になります

読みながら帰り上るので
不法侵入します
大抵四階の真ん中が
被害者です

お母さん

老いた母の便りは
要領を得ない電文調
たどたどしい文字
煙臭いような故郷の匂いに
私はたちまち幼児になります

お鼻をチンしないと
最後まで読み通せません

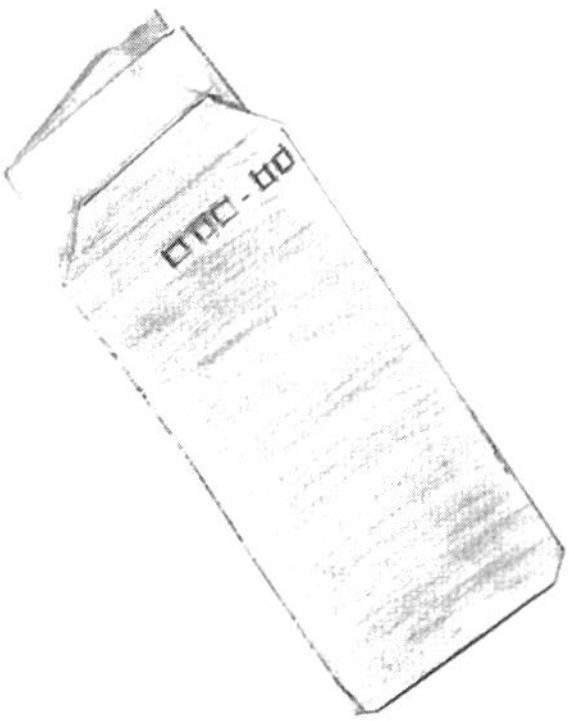

母恋歌

春雨のしとしと降って
寒き日は
九十一歳で旅立った
母恋しくて泣いています

おばあちゃん
おおばあちゃんと呼ばれれど
どんなに齢を重ねても
私には
変化活用できません
母は、母です
お母さん

お母さん

この世の中で誰よりも
わかってくれたお母さん
支えてくれたお母さん
逝かれてしまった今になり
あれもこれもと思います

幾時間かけても会いに行けるなら
今すぐ出発するものを
この世で会えない寂しさが
押し寄せ来ては切なくて
たらたらと降る春雨と
一緒になって泣いています

喜ばれるよう生きようと
強く心に決めながら
一人になると泣いています

雨が降るたび泣いています
こっそり泣くならいいですか
幾重にも　母の面影　八重桜

今度はいい子にしますから

しやぎの「し」は
お母さんの「志」
明治生まれで名は志由《しゆ》
四十二歳で寡婦《かふ》になり
子供六人末っ子は柳子一歳

お母さんは人を頼らず働いた
来る日も来る日も働いた
いつもいつも動いていた
雪舞う日でも汗臭かった

末っ子が嫁ぎ家を出る日まで

「うちにはお父さん居ないから……」
の言葉を聞いた記憶がない
お父さんの役目まで
しっかり果たしたお母さん

私がこの世を卒業し
異次元世界の偉い方《かた》が
「望みを一つ叶えよう」と
言ってくれたら即答です

「今度はいい子にしますから
育ててくれたお母さん
もう一度家族にしてください」

あの心配あの迷惑
いつも心で詫びながら

再びご縁があったなら
「今度はいい子にしますから」
そんなひとりごと
お母さん偲んで言っています
「叶えよう」の言葉には
渡りに船と応じます
すらすら言えます何度でも

著者名の「志柳」には
お母さんをいつも敬い慕っている
切ない思いがあるのです

当時四十二歳の母
生後間もない著者

迷いは無かったことに

葛藤

不気味にのさばる沼
四方の気配は呼吸すら
圧迫させる
広さも深さも
成分さえも知らないままに
怯えた素足を
浸そうとする

不可能と無分別とが
渦巻いて脳裏を飛ぶ
けれど――
浸さなければ

生あることを
忘れてしまいそうだった

奇妙な水の温かさに
思わず戦慄を背負い
感触さえ夢中で
何かにしがみつきたい
意味のない
言葉でない言葉で
大声に話したい
けれど――
人麻呂の眉は優しく
沖に明かりしている

自立

こんな日は
雨が降ればよい
霧が出るから

霧はすんなりした裸の木立に
たちまちにして溢れ
赤ん坊の匂いで一杯になる

霧はいとも易く
いつかを葬り
決して案じさせることなく
危なかしい足元で立っている今が

大切なことを教え込む
立つことだけが大変なことを
しっかりと立つことが必要なことを

そして
そんな日には
風が出ればよい

風は
ゆらゆらと霧と戯れ
おぼつかない足元は
自ら
むきになって立とうとするだろうから

永久《とわ》に続くもの

いったい今の世に
永久不変のものは一つもないのでしょうか
あるとしたら教えて下さい

翡翠の星の温かい息吹
歓喜の熱い涙を
永遠に感じ続けることは
人には　私にはできないのでしょうか

いっそこの自然の流れと
一緒になって
行き着くところへ流れましょうか

水の流れが細くなって
苔色の大きな岩に出会ったら
ひょっとしてもう一度
強健な腕を思い出し
大きな声の忠告を
聞きたくなるかもしれません

数日も降り続き
靄を案じる夜明けなら
ひと思いに押し流されて
遠くなった若い意識を
請い嘆くかもしれません

逃亡者

追手のいない逃亡者は
必死では逃げられず
やっとの思いで逃げ出せたのか頃
振り返らずにはいられなくなり
刑事のような暗闇を透かし見る

昔が昔をこだわりなく引き寄せ
抱擁し
懐かしみ合う

背骨のため息が快い調べとなって
足取りを引きずり戻す

幾度となく同じ思いが往来する
くたびれた猫背の影はなおも焦る

しかし
今度こそ逃げ切ろう
洗練された面影を追う自分から

迷いは無かったことに

ぬけがら

解けた靴の紐さえそのままに
誰かがせき込んで訪ねて来た
落ち着かない手つきで
荒々しく続けざまにノックする

このドアは待ちくたびれた涙で錆びついています

反対の手では
太い指先が呼び鈴を飲み込む
このベルは望みを無くし疲れ果て眠っています

あなたは誰をお訪ねですか
あなたが訪ねるその人は
もうここには居ません

森閑とした冷たい空気
ここに有るのは
生気を失ったサヨナラの耳を付けた
悲しい女の抜け殻です

偽りのサヨナラでも
もうドアは開きません
決してベルは鳴りません

どん底

ずぼら者は来た
敢えて来た

これ以上落ちるところのない底には
怠けている暇はない
昼寝でもしようものなら
腐った土を食らうことに
たちまちそれに慣れている夢を見る
吐き気を催しそうな悪臭の中で
平気で往復いびきを唸らせる一群

私は怠けることを忘れに来た

これ以上落ちるところのない底には
求めるものを
本当に自分のものとするための
力をつける何かがあるはずだ

二十八ノ十一

興信所の所員みたいに
まあるで他人事のような素振りで
行きずりの買い物カゴに尋ねよう
タバコを踏んづける足に聞こう

雲は肩が凝るまで垂れ
風は健康な歯までも染みさせる
声もかけずに
さも歯科医への途中でもあるかのように
踵は
あかぎれした塵のながれる舗道を鳴らす

二十八ノ一〇
次の家だ

川辺はやはり寒い
昔を噛み締める歯の元は
全く合わず
寂しさがこぼれて
いよいよ冷たい水に落ちる

二十八ノ十一
垣根越しに白いエプロンの
有無を確かめるなんてあまりに怖かった

コートの襟を立て直すと
罪人のようにここへ来た

あなたは死者　河下柳子（旧姓）

あなたは死者
健康で魅力的な死者
殺害したのは私

現場は真っ暗な心の洞窟
あなたを殺さなかったら
私自身が滅ぶでしょう
今でも信じていたいあなたのために

あなたを蘇らせないように
私は強くなろう
思い出も一緒に

春の暖かい土の中に葬ろう

春風が優しい小川に逆らって
若魚の銀のうろこを残していった
手の土を洗い落として芝生に語れば
悪戯な蝶々が
まだ日焼けしていない素足の上を
かすかに触れて飛んでいった

それからしばらく
墓標の上に止まっていた

あなたは死者

あなたは死者

過去の×な思い
じゃぎ

青春はおとなへの免疫力

透《す》きとおった青春

晩夏
抜けるような青い空

ふと隣の列車に目をやると
学生帽の下に熱い視線があった

偶然すぎる出会いに
私の胸は高鳴った

デッキに立ったあなたは
ガラス越しの私を
しっかり捉えて離さない

上り列車のあなた
下り列車の私
青春の初心者同士
駆け寄るすべも知らず
思いがけない間隔に
ただ呆然と向かい合う

ゆっくりとあなたの列車が走り出す
つば影の黒い瞳は動かない

時間通りの発車音
背中に響くと
距離はたちまち広がって
私は静かに目を閉じた

それから——

幾日もしないのに
あなたは訃報になって会いに来た

あの日あなたはあの列車で
無言で挨拶旅立った

万感込めた眼差しで
僅かばかりの思い出を
私の胸にすり込んで
とてつもなく長い思い出に
永久保存をもくろんで
たった一人で旅立った

透きとおった青春

消えることない青春

貝殻の詩

明日
明日の夜
夜深く
貝殻は泣く

欲しがってはいけない
欲しがってもどうにもならない
そんなものへの大人の諦めに

さあ
佳き人よ
あなたに返そう

そして——
思い切り溺れるが良い

優しいだろう海
健やかだろう海
温かだろう海

波の逝ってしまった砂浜
あまりに広く
寂しさに気狂い
貝殻の嗚咽には音もない

明後日
明後日の朝
朝白く
貝殻は唄う

枯れた瞳と重い殻だけで
自分に負けない唄を
そして——
帰ってはならない波の唄を

アポロと私

平べったい石が良い
それもなるたけ角張ってる方が良い

アポロの力強い腕が
湖上に向かってうなづくと
石が水を蹴ってパッパッと飛び跳ねた

理由も考えずに
「どうして?」と聞く
教師のような柔らかい口調で教えてくれた
最後に「力学的から」と堅い言葉を付け加えた

アポロは都合の良い石を探す
私は思い切り石をなげた
ホンのすぐ先でピョットンと妙な音がした
アポロは不思議そうに私の方を見た
そしてバリトンの大きな声で笑った
私も笑った
魚が飛び跳ねた

さっきより水が澄んだ

アポロと私の輪が
次第に大きく広がって
穏やかな湖の対岸
夕月がスタンバイする

波

知っているのです
寄せることと返すことしか
知らない波に
儚い思いの潮時を
言わせることが無理なのを

知っているのです
押し寄せた熱い波が
わだつみの女主人に返されるとき
当然のような顔をして見送る芸当の
出来ないことを

知らなければいけないのです
波の間に間をすり抜けて
だあれも居ない岸に着き
激しい動悸を鎮めることで

海の恐さを知らなかった
波まかせの浮草の居場所と

時は成長と衰退

雷

遠過ぎず　近過ぎず
グロロロロ　グロロロロと
雷が鳴っている

結婚して幼子二人留守番させて
自転車で買い物にでかけた時
耳にした音だ

やはり雨が降って来た
軒下借りて雨宿り
激しく降り出した
気になることが次々浮かんだ

空が明るくなり
雨は止んだ
濡れた舗道を坂道を曲がり道を
力の限りペダルを踏んだ

降っては止んでまた降った
家のすぐそばに来ても
なかなか止まない雨

あの時と同じ遠さで雷が鳴っている
あれは子育て始めの不安の音だった

大人に成った子供等は
元気で働いて居るだろう

私は同じ雷を五度目の転宅で

今　穏やかに聞いている
グロロロロ　グロロロロ

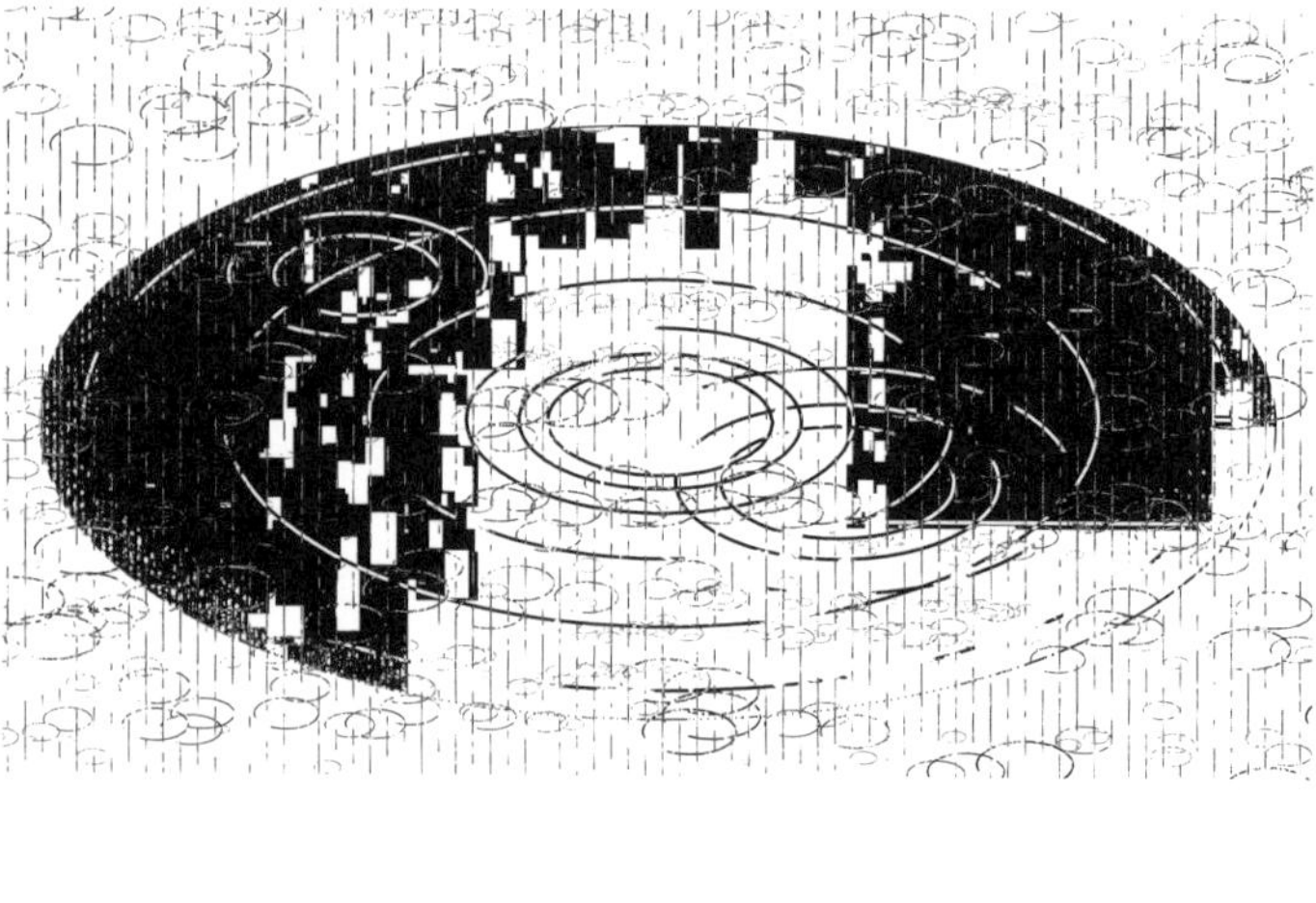

寒村

夜
突然新しく家が建った
山村に帰り来る人もあったのだ
今まで見られなかった
温かそうな光が溢れている

立冬の朝
新築の家は
跡形もなく
荒地はやたらと広い
霜は不気味に陽に逆らって
無言で盛んにひしめき合う

時は成長と衰退

人々が避けた空っぽの家
取り除かれると隔たったところ
今まで見えなかった
砕けそうな淋しい家が立つ

人々に
心地よく湿った土
舌触りの良い空気を忘れられ
故郷は寂寥過ぎて耳が痛い

微音さえも聞き逃さないけれど
勇猛な蒸気機関車の号音だけは
息をこらして待ってみても
聞こえはしない

廃村一

いつもより重たいでしょうね
定年近い地元のツルハシ

枕木は朽ちて息もつけなくなり
レールは鉄色などしていない
二時間延、三時間延でも
その上を走り来るものは何もなく
雨水がレールと同じ色した栗石に
素直に吸い込まれて行く

保線区舎の黄色くなったカーテンも
再び開かれることなく

明日は自動車の隅に投げ込まれ
白い田舎道を引きあげて行く

新幹線を走る列車よ
汽笛を鳴らさずに
走るが良い

いつもより重たいでしょう
ゴム合羽の雨

廃村二

走る
走る

朽ち果てた木屑が
雪から解放されたばかりの田舎道を
背中を丸めて走る

感覚のない指先でさえ
この村の埃《ホコリ》にでも出来そうな
蒸気機関車の懐旧を
細胞に閉め出された北風が

時は成長と衰退

荒々しくリードする

かじかんだ赤い柄のバリカンが
容赦なくこじ上げられ
不格好な禿を出した保線区舎の屋根

乾き始めた空き地
種蒔く人もなくただ広くなり
お前もこんな日に歴史を閉じる

花魁の絵

関節が外れるほど
つま先立ちをすると
父が何らかの形で手に入れた
花魁の絵に手の指先が届く

父は鮮やかとは言えない
艶やかでもない花魁の絵を
飾った時からよく眺めていたそうだ

まだ見飽きないうちに
そして子供六人育っていないのに
父は逝った

芋・茎・葉を食べた貧困時代も
母は
この絵を売らずに守った

花魁たちは
無駄な衣装に身を包み
悠長な当時の言葉で
それを話し合っている

はっとした
誰が通ったのだろう
絵の中を誰かが駆けていった

シーツが翻ったのだ
降り積もった豪雪を踏みつけ
踏み固められた雪の物干し場で

白いシーツは変に気兼ねして
早く乾きたいらしく
はためき額に反射したのだ

春遠い陽の下
再び白い幕がめくり上げられた

老けていない花魁の劇が見られそうだ
幼すぎて記憶にない父も
登場するかもしれない

生活はステージ

犬が来る

寒さなんか問題でない
ヘッドライトが頼りなのだ

今度の車も
子供たちには目もくれず
より寒さだけを残してすっ飛んで行った

北風はもうスキー便りを
届けているのに
子供たちは
背を丸め
手に息を吹きかけ

足踏みして待っている

瞳は
何物も見落とさない気迫で満ちている

耳慣れたクラクション
近づくヘッドライト
たとえようのない歓声が
まだ止まり切らない車を包んだ

初めて見る存在
待ちに待った存在

子供たちの身体は
きりきりと舞い
宙に弾んだ

肩をつぼめ　にぎりこぶしで
嬉しさに耐えた

宵闇の中
ほわほわした白い毛玉は
何も知らず
おぼつかない足元が
意外に速かった

止まった時間

出勤前の確認を行います
ピッシと伸びたワイシャツの襟元に
レンガ色の絹のネクタイが
グンとしまって
紺色のスーツが爽やか
心得た香りもほのか

ハンカチ
ティッシュ
時計に
財布

ペンに免許証

いつもの癖で矢継ぎ早に言うと
夫は手慣れた様子で
パッパッと胸とポケットを押さえる
日焼けした腕を上げると
「時計がない」

気の利いた子供は
反射的にそれを持って来る

大変だ時間がない
時は止まった
電池切れで何も示さずのっぺらぼう

もうここは竜宮の世界

子供たちは可愛い舞魚
ヘアアップスタイルにロングスカート
私はたちまち乙姫様

すっかりめかした大きな亀は
エンジンの音軽やかに
お尻をふりふり出かけます

玉手箱きっと開けて下さいね
今日はあなた好みのお弁当

時刻表

待つ当ても消え
切ない時間と戯れたいけれど
貴方がくれた時刻表には
これ以上遅い終列車は載っていない

声かぎりに叫ぶ汽笛

やがて自分の背に
発車時の振動を負う

詳しく書いた案内地図にも
私の行きたいところは載っていない

灯りの流れがいつか細くなり
静けさの中
列車はソプラノで鉄橋の歌を唄う

次は行ってみたい案内地図と
ゆっくりな終列車のある
誰にも指示されないものを探そう

酔っぱらい客

真夜中を過ぎているのに
自分ほど偉い者はいないという勢いで
周囲のことなど全く気にせず
間延びしただらしない節で
吠えるような流行歌

味わう感覚も麻痺した口に
腕白坊主のように
ただむやみに箸を押し込む
倒れる酒杯
こぼれ落ちる肴

何の目的で飲み始めたのか
飲み止まることを知らない
愚かなる幻覚者

テーブルにこびり付いた酒の跡
熱い布巾でこすりながら
わんさか飲んだ酔っぱらいの顔を見る
もう童子のような顔して居眠り

でもお前さん
本当に自分を見失えるのですか
覚めたあと心の憂さが帰って来たりしませんか
だとしたら…………私
一度自分から離れてみたいのです

秋は軽やかに密やかに

秋の使者

何処から乗り込んだのか
いくつも空席があるというのに
決めていたように
私のスカートの上に席を取る

赤と白とのコントラスト
おまえの企ては成功だよ

たくさんの視線が
小さなおまえにくぎ付けになる

柔らかな笑顔が

車内に広がっていく
吸いたくない熱気
気の遠くなるような残暑
秋は来ないのかと
やり切れない皆に

赤トンボ
お前の登場は
天使！

ホラ
透きとおった羽に
秋が見える
涼風はらんだ身から
秋が生まれる

秋

静かな物腰で
秋が立っていた
憂いに頬を染めて
ひっそりと秋は来ていた

塗られたばかりの白壁にも
秋が来ている
夕陽の実をつけた老木の枝が
乾ききっていないキャンパスに
秋を描いている
愁いを映している

夕日が帰る
稲架《はさ》の向こうへ忙《せわ》しげに帰る
夕餉支度の煙は闇になり
まだ使っていた荷車が
秋を乗せて帰って行った
秋が音を立てて帰って行く

愁いよ

お前だけは乗せられなかったのか

晩秋の風

晩秋の風はとても物覚えが良いのです

十数年前のことを
時間も場所もあなたとの会話までも
それははっきり覚えていて
冷たくなった街灯のまばたきに
こっそり教えたりするのです

晩秋のすきま風はお節介なのです

今年さえ知らんぷりして
通り過ぎたら

もう完全に錆びてくれる
二十歳の部屋の錠前を
しつっこく開けてしまうのです
思い出の品々を
一つ一つ並べては
詳しく説明
胸を痛くさせるのです

晩秋の風は優しい働きするのです

別れて久しいあの人に
元気で居てのこの願い
そっと届けに行くのです

テキサスの秋

こんなにも広い空があったものか
果てしなく広がる海には岸がない
いよいよ深く澄み渡る
流れ着いた憂愁と空の間から
切なさがさらさらと吹いてきた

「テキサスみたい」と私が言ったら
車のスピードが少し鈍り
あなたはカウボーイのふりして
何と言ったっけ

こんなにも広い空があったものか

気の早い木立は頰を染めて
お百姓に鎌を持たせる
空と雲の間から
なるほど秋が吹いて来た

千秋

日めくりならひと思いに
引きちぎってしまおうものを
なすべきものが何もないから
不敵にのさばる時間を
見て見ぬふりをして
時を刻まないところへ
すっ飛んで行きたい

かたずを呑むことが
時間を噛みこなすことが
こんなにも苦《にが》く苦しいことだと
あなたは知るはずもない

もう暫くして
泣きそうな太陽が山間に呑まれたら
私も噛み切れずに
心ごと喪失してしまうでしょう

この辛さと切なさを
知るはずもない
あなたに教えられたら

ローマの使い

度々の異国からの招待状
イエスの答えは出せずにいた

突然の訪問に常緑だった葉は
驚きで保護色の枯れ葉になった
高い鼻・長いまつ毛の乙女が
コールドクリームをたっぷり使い
挨拶がわりと丁寧にマッサージをした

ローマ寺院の壁にも似た
カサカサに肌荒れした枯れ葉は
意識を取り戻し

「ここはどこの寺院ですか」
遠くで鐘がなっている

湖上に立つ白銀の塔に
逞しいローマの使いと一緒に
お迎えに来たという

ここは季節が遅れてくるところ

湖上を吹く風が
よし笛の曲をかき乱す

乙女は枯れ葉からそっと手を離した
「きっといつかローマへおいでなさい」

紙

たった一人の静かな夜だけに
紙が甦る鼓動
そんなかすかな音で
目覚めたのです

示されない
投函されない恋慕は
その度に
かりそめのこととして
これ以上小さくなれないというまでに
揉み丸められ捨てられたのです

秋

こおろぎが初めて鳴いた夜
丸められていた恋慕は
ほんの小さな空間から
あえぐような声で
「私を殺さないで」と
じわじわと息を吹き返して来たのです

筆で硬くなった指
再び小さくする手段もなく
息を吹き返した紙は
大きな紙になって
私に襲いかかろうとするのです

金木犀のように

鋭い爪を立てて襲いかかっていた
夏の太陽も
少しおだやかな表情を取り戻すと
そこはもう秋

ゆるやかな坂を上ると
芳香が私を包む
金木犀も見当たらず
香りは自由に
好きなだけ
翼を広げて
こんなにも酔わせる

私の前をグレーの車が過ぎた
中から弾き飛ばされるように
腕の自由を奪われた青年
裁判所の前は
言葉の自由も香りもない

自分自身の自由だけでは
足りなくて
他人の自由まで奪ったのか

金木犀がまた香った

好きな道で

停留所に降り立つと
我が家に通じる道が三本

その中で
参道に抜ける道が
一番好き

こんもりと茂った木立
ちらちらとこぼれる夕陽
乾いた土も熱くなく
ひぐらしセミが鳴いて
解放された桃源郷

少し秋が深まると
色とりどりの枯れ葉が
髪に止まったり
肩に戯れたり
可愛いダンスのお披露目です

あなたに
きれいな落ち葉を見つけたら
こわさないように
思い切り小さなペンで
手紙を書きます

あなたの胸に
ひらひらと弧を画いて
私のこと忘れないように

大切な真実

チャトラ

事故に遭って左後ろ足が裏返って
歩くたびに出血する姿で
長男に拾われた子ネコ

我が家に来てすぐゴロゴロと喜びの喉を鳴らしたネコ
獣医さんに治らないと言われた足も
ガムテープのギプスで肉球が地に着くようになった
茶色のトラ猫だったので名はチャトラ

それから三年
トイプードルのフクが弟になった
前庭でチャトラがしゃがみ

大切な真実

二匹でかくれんぼ
仲良く飽きずに遊んだ垣根
飛び出すチャトラは虎だった

今　水とスープがホンの少ししか入らず
すっかり痩せて時々大きな声で鳴くチャトラ

年月が経過したこと
自身が老衰していること
家族との別れが近づいていること
何が判っているだろう

鳴いてもいいんだよ
チャトラ　私が看ている時
最期の息をしておくれ

チャトラ　私の気づかないところで
「おやすみ」の目を閉じておくれ
チャトラはうなづくように一息して眠りに入った
フクは鼻でチャトラの顔を持ち上げ重ね
最大級のサヨナラをした

参考著書『おかえりチャトラ』（東京図書出版）
二〇一六年五月十二日にチャトラ死去。翌日数キロメートル離れた公共斎苑で火葬。
九カ月後の二〇一七年二月十二日にあの世で元気に生きているとチャトラが知らせに帰ってきました。それから百日間あの世とこの世を行ったり来たりの体験実話。

たんぽぽ

ふんわりと綿毛に包まれた
タンポポの生命は風まかせ

きのう北風
きょう嵐

着いたところが
自分の居場所
人里はなれた小川の淵に
空気の汚れた街路の割れ目

気づかれなくても

傷つけられても
会うもの皆に微笑んで

自分の綿帽子　編めるまで
しっかりふんばり生きています
使命を果たすその日まで
背筋を伸ばし
生きぬきます

交信チップ

お母さんのお腹で
私がベビーになろうとした時
命の中に
埋め込まれた見えないチップ

この世に来て
困ったときは神様仏様に
助けてもらうことを聞かされた
人間が木・石・鉄鋼物などで
造った大小いろんな神仏像

災難から守ってくれるはずの神仏が

地震で崩壊、火災で焼失
最近また造られた新しい神仏像

野ざらしの立像
立派な社《やしろ》に座像
真っ暗な祠《ほこら》に入り
三年も三十三年も開帳を待っている秘仏

人の造った神仏像は動けない
悩みを抱えて自ら出かけるのは
億劫《おっくう》だ

今ここに居て「お願いごと」を
素早くチップ送信した
ほぼ時差なく着信

いつも自分の中で

呼吸・血流・体温・神経・消化作用など
全身を管理し　生活に必要な知恵や力を授け
チップの返信に替えて
苦悩から直ぐに解放してくれる

宇宙無限力は広遠に活動し続けている
遠い旅先、異国、地中、水中に居ても
チップは宇宙無限力と繋がっている
みんなにも有る見えないチップ

解剖学者が数えきれないほど多くの人体を隅々まで解剖し調べてみたが何処にも命の根源（心・魂・意識）を見つけることが出来なかったとの記述があります。

　宇宙の生命源は、肉眼や精密な顕微鏡でも見えない命の交信チップを全生物に取り付けています。

　チャトラのようにこの世もあの世（異次元空間世界）でも生き続けられる命を持っています。

限りなき愛

尊き命を宇宙に分けて
慈しみ守る天なる父は
なくてはならない全てのものを
祈りに先がけ満たし微笑む

思いやり深き天なる母は
寂しく虚しい無力な時も
素早く気づきて　いたわり包む
安らぎと力　我に与えむ

闇で迷った時は光となりて
苦難な時には知恵《ちえ》となり

病んだ時には治癒力《ちゆりょく》となりて
どんな時にも答えてくれる
限りなき愛
いつまでも　何処までも

宇宙無限力で花粉症他多数の問題解消の実証掲載
参考著書
『人と生まれて　人間の使命』
『大好転　あなただけの金メダルを』
（東京図書出版）

おわりに

生まれて以来、各人の動きに合わせ人は集まったり離れたりします。長期のおつきあいもあれば瞬間の出会いもあります。思い出は短くても強烈に、また長くてもサラリと残るなどいろいろです。

ご縁があったあの人もこの人も何か必要なことを教えてくれたと思います。世代は教育も文化も環境も異なります。年齢を越え共感の一篇を見つけていただけましたら出版の喜びです。

読んでいただきありがとうございました。

東京図書出版の社長始め関係者の皆様、ご指導ご協力に深く感謝いたします。誠にありがとうございました。

池田志柳

池田　志柳（いけだ　しやぎ）

1943年生まれ
滋賀県守山市在住
詩人・真理研究者

幼児から成人までのカルチャースクールを公民館や自宅で開き33歳から69歳まで講師・70歳からは自由学習（要予約）に自宅を開放

ユニセフ・日本赤十字他への活動支援は40年以上継続
紺綬褒章他多数受賞

【著書】
詩 の 部『白い詩』
真理の部『人生を変える「真理《まごころ》」の法則』
『人と生まれて　人間の使命』
『大好転　あなただけの金メダルを』
『おかえりチャトラ』他

今度はいい子にしますから

2024年6月24日　初版第1刷発行

著　　者　池田志柳
発 行 者　中田典昭
発 行 所　東京図書出版
発行発売　株式会社 リフレ出版
〒112-0001　東京都文京区白山 5-4-1-2F
電話 (03)6772-7906　FAX 0120-41-8080
印　　刷　株式会社 ブレイン

ISBN978-4-86641-768-4 C0092
Printed in Japan 2024